www.ingramcontent.com/pod-product-compliance
Lightning Source LLC
LaVergne TN
LVHW010842051026
849532LV00007B/2787
9789369089390

مغرور بادشاہ

(بچوں کی کہانیاں)

سید حیدر آبادی

Maghroor Baadshaah *(Kids Short Stories)*

by: Syed Hyderabadi

Edition: December '2024

Publisher :

Taemeer Publications LLC (Michigan, USA / Hyderabad, India)

ISBN 978-93-6908-939-0

9 789369 089390

کتاب	:	**مغرور بادشاہ** (بچوں کی کہانیاں)
مرتب	:	**سید حیدرآبادی**
صنف	:	ادب اطفال
ناشر	:	تعمیر پبلی کیشنز (حیدرآباد، انڈیا)
سالِ اشاعت	:	۲۰۲۴ء
صفحات	:	۹۲
سرورق ڈیزائن	:	تعمیر ویب ڈیزائن

فہرست

مغرور بادشاہ

بہت عرصے کی بات ہے۔ ایران پر ایک بادشاہ حکومت کرتا تھا۔ اُس کا نام ابراہیم تھا۔ اُسے اپنی دولت پر بہت غرور تھا۔ وہ کہا کرتا "کیا دُنیا میں مجھ سے بھی زیادہ کوئی دولت مند ہے؟"

ایک دفعہ صبح فوج کی پریڈ دیکھنے کے بعد اُس نے اپنے وزیر سے کہا۔ "آج میں شکار کھیلنے جاؤں گا۔"

جلد ہی شکار کا انتظام کیا گیا اور بادشاہ اپنے بہت سے ساتھیوں کے ساتھ جنگل کو چل دیا۔ ایک ہرن کا پیچھا کرتے ہوئے بادشاہ اپنے ساتھیوں سے جُدا ہوگیا۔

لیکن ہرن ہاتھ نہ آیا۔ وہ تھک کر چُور ہو گیا تھا اور اُسے بڑی زور کی پیاس لگ رہی تھی۔ ڈھونڈتے ڈھونڈتے وہ ایک تالاب کے کنارے پہنچ گیا۔ اُس کی جان میں جان آئی۔ وہ جھٹ کپڑے اُتار کر پانی میں کُود پڑا اور تیرتے تیرتے کنارے سے دُور نکل گیا۔

اُسی وقت ایک اجنبی جو شکل و صُورت میں بادشاہ سے بہت مِلتا تھا، ادھر آ نِکلا۔ اُس نے بادشاہ کے کپڑے پہن لیے اور پاس ہی کھڑے گھوڑے پر سوار ہو کر چل دِیا۔ اُدھر بادشاہ کے دُوسرے ساتھی بادشاہ کو تلاش کر رہے تھے۔ جب ان لوگوں نے گھوڑے پر سوار اپنے بادشاہ کو آتے دیکھا تو بہت خُوش ہوئے۔ شام ہوتے ہوتے وہ لوگ محل میں پہنچ گئے۔

اِدھر بادشاہ جب نہا چُکا تو اُس نے دیکھا

کہ اس کے کپڑے اور گھوڑا غائب ہے۔ اِدھر اُدھر تلاش کرنے کے باوجود گھوڑا کہیں نہ مِلا تو وہ بہت گھبرایا۔

کافی دیر سوچنے کے بعد اُسے خیال آیا کہ پاس ہی اُس کا ایک سردار رہتا ہے۔ میں اُس کے پاس جاؤں اور اُس سے گھوڑا لے کر محل میں جاؤں اور پتا لگاؤں کہ کِس نے میرا گھوڑا اور کپڑے چُرانے کی ہِمّت کی ہے۔

جب وہ سردار کے قلعے کے پاس پہنچا تو شام ہو گئی تھی۔ اُس نے دروازہ کھٹکھٹایا۔ پہرے دار نے پھاٹک کھولنے سے پہلے پُوچھا: "کون ہے؟"

"پھاٹک کھولو۔" بادشاہ نے چِلّا کر کہا۔ پھاٹک کُھلا۔ پہرے دار نے ایک ننگے آدمی کو دیکھ کر حیرانی سے پُوچھا۔"کون ہے تو اور کہاں سے آیا ہے؟"

بادشاہ کو بہت غصّہ آیا۔ اُس نے کہا ”تمُ مجھے نہیں پہچانتے؟ میں بادشاہ ابراہیم ہوں۔ اپنے مالک سے جا کر کہو کہ بادشاہ نے ایک گھوڑا اور کپڑے مانگے ہیں۔“

”بدمعاش“ پہرے دار نے ڈانٹ کر کہا۔ ”ابھی ابھی تو میرے مالک بادشاہ کے ساتھ شکار کھیل کر لوٹے ہیں۔ میں نے اپنی آنکھوں سے بادشاہ کو محل کی طرف جاتے دیکھا ہے۔ میں ابھی سردار کو یہ بات بتاتا ہوں۔“

وہ بادشاہ کو اندر لے گیا اور سردار کو سب حال بتایا۔

سردار نے پوچھا۔ ”تمُ کون ہو؟ کیا نام ہے تمہارا؟“

”میں تمہارا بادشاہ ہوں۔ کیا تمُ مجھے نہیں پہچانتے؟ ابھی تھوڑے ہی دن ہوئے میں نے تمہارا عہدہ بڑھایا تھا۔“

”جھوٹا کہیں کا۔“ سردار نے غصّے سے کہا۔

"تُو اپنے آپ کو بادشاہ کیسے کہتا ہے۔ میں خود بادشاہ کو محل تک چھوڑ کر آیا ہُوں۔ بھاگ جا یہاں سے ورنہ دھکّے دے کر باہر نکلوا دُوں گا۔" یہ کہہ کر اُس نے اپنے نوکروں کی طرف دیکھا۔" نکال دو اِس کو باہر۔"

بادشاہ باہر آ کر اِس بے عزّتی کا بدلہ لینے کی سوچنے لگا۔ اُس نے دل میں کہا، اِس آدمی کے ساتھ میں نے اِتنی بھلائی کی اور آج یہ مجھے پہچاننے سے اِنکار کرنے لگا۔

اب اسے اپنے ایک وزیر کی یاد آئی اور وہ اُس کے پاس پہنچا۔ مگر یہاں بھی وُہی بے عزّتی ہوئی جو سردار کے ہاں ہوئی تھی۔

بادشاہ کی سمجھ میں کچُھ نہ آتا تھا کہ کیا کرے۔ وہ سوچنے لگا کہ محل میں نہ جانے کون بادشاہ بن بیٹھا ہے۔ یہ خیال آتے ہی اُسے غُصّہ آیا اور وہ محل کی طرف

چل دیا۔

محل پر کھڑے پہرے دار نے اُسے روکا۔ بادشاہ نے کہا۔ "تم مجھے نہیں پہچانتے؟ میں تمھارا بادشاہ ہُوں۔ اگر تمھیں یقین نہ ہو تو یہ انگوٹھی لے جا کر ہماری بیگم کو دے دو اور کہو کہ ہمارے لیے بادشاہی لباس بھیج دو۔"

پہرے دار نے ڈانٹ کر کہا "تم پاگل ہو گئے ہو؟ اِس وقت بادشاہ خُود بیگم کے پاس بیٹھے ہیں۔ خیر میں تمھاری بات مان لیتا ہُوں۔ لیکن جو کچھ ہُوا اُس کے تم ذمّہ دار ہو گے۔" یہ کہہ کر پہرے دار محل کے اندر چلا گیا۔

پہرے دار نے محل میں جا کر بیگم کو انگوٹھی دے کر سارا حال سُنا دیا۔

بیگم پہلے تو چونکی۔ لیکن اِتنے میں اُس اجنبی نے کہا۔ "شکار کے وقت میری انگوٹھی

گر گئی تھی۔ جاؤ اُس آدمی کو لے آؤ۔"

پہرے دار بادشاہ کو اندر لے گیا۔ خُود اُس کی بیگم بھی اُسے نہ پہچان سکی۔ لیکن اُس کے دِل میں شک ضرور ہوا۔ بادشاہ نے ہمّت کر کے پُوچھا "تُم مجھے نہیں پہچانتیں؟ میں تمھارا خاوند ہُوں"——

بیگم نے بات کاٹ کر نوکروں کو حُکم دِیا کہ اِس کو دھکّے دے کر باہر نکال دو۔

بے چارہ بادشاہ دھکّے دے کر باہر نکال دیا گیا۔ وہ تڑپ اُٹھا۔ زِندگی میں پہلی دفعہ اُس کے غرُور کو ٹھیس لگی تھی۔

اچانک اُسے اپنے پیر کی یاد آئی۔ جھٹ پٹ اُن کے پاس پہنچا۔ پہلے تو دُوسروں کی طرح اُنھوں نے بھی اس کو نہیں پہچانا۔ لیکن جب اُس نے اپنی زندگی کے کئی واقعات بتائے تو پیر صاحب کو یقین آیا۔ بادشاہ نے شرمندہ ہو کر اُن سے کہا: "یہ ضرور میرے غرُور کا

پھل ہے۔"

پیر صاحب نے بادشاہ کو کپڑے پہنا کر کہا۔"جاؤ۔ اب لوگ تمھیں پہچان سکیں گے۔"

جب بادشاہ کپڑے پہن کر شہر میں پہنچا تو لوگ اسے جُھک جُھک کر سلام کرنے لگے۔ شہر بھر میں کھلبلی مچ گئی۔ لوگوں کی سمجھ میں نہ آتا تھا کہ اصلی بادشاہ کون ہے۔

اجنبی کے کانوں میں بھی یہ بات پہنچی اور اُس نے بیگم سے کہا "جاؤ۔ تم دیکھ کر آؤ۔ یہ کیا ہو رہا ہے۔"

بیگم خُود حیران تھی کہ یہ بات کیا ہے!

آخر دربار کیا گیا۔ اور درباریوں سے بادشاہ کو پہچاننے کے لیے کہا گیا۔ مگر کوئی بھی نہ پہچان سکا۔

آخر اجنبی خُود اُٹھا اور کہا "تمھارا اصلی

بادشاہ تو یہ ہے۔ لیکن یہ اپنے غُرور میں اِتنا چُور تھا کہ اِسے خُدا سے بھی ڈُر نہیں لگتا تھا۔ اِس لیے اِس کو یہ سزا دی گئی تھی۔ اب اِس کا غُرور ٹُوٹ گیا ہے۔ اب میں خُود اِسے گدّی پہ بٹھاتا ہُوں۔" اِتنا کہہ کر اجنبی محل سے باہر چلا گیا۔

رِیچھ کا شکار

کاغان کی خُوب صُورت وادی مغربی پاکستان کے شمال میں واقع ہے۔ اس کا موسم کشمیر کی طرح نہایت خُوش گوار ہوتا ہے۔ یہ علاقہ چاروں طرف سے بلند پہاڑوں سے گھرا ہُوا ہے، جِن میں صاف شفّاف پانی کی ندیاں بہتی ہیں۔ اِس وادی میں بالاکوٹ کے مقام پر ایک خُوب صُورت کوٹھی میں احسن کے والد جو محکمہ جنگلات کے افسر تھے، رہا کرتے تھے۔ احسن اور اس کا چھوٹا بھائی ضیا دونوں گرمیوں کا موسم اپنے والد کے پاس ہی گزارا کرتے۔

ایک روز دونوں بھائی سیر کو نکلے۔ چونکہ اِس علاقے میں جنگلی جانوروں کا ہر وقت خطرہ رہتا ہے، اِس لیے باہر جاتے وقت احسن اپنی شکاری بندوق ہمیشہ ساتھ لے جاتا اور آج بھی بندوق اس کے پاس ہی تھی۔

دونوں بھائی اِطمینان سے باتیں کرتے چلے جا رہے تھے کہ احسن نے ضیا کا بازو پکڑ کر اُسے ایک دم ٹھہرا دیا۔

"کیا ہے؟" ضیا نے گھبرا کر پوچھا اور پھر احسن کے مُنہ کی طرف دیکھنے لگا۔ اس نے اُسے خاموش کرنے کے لیے اس کے مُنہ پر اپنا دایاں ہاتھ رکھ دیا اور پھر فوراً ہی بندوق تان کر سامنے فائر کر دیا۔

فائر کے ساتھ ہی وہ سڑک کے پار جھاڑیوں کی طرف بھاگا اور ضیا کو بھی اپنے پیچھے پیچھے بھاگنے کو کہا۔ اب ضیا سمجھا۔ اُس نے دیکھا کہ سامنے سے ایک رِیچھ کا

بچّہ لنگڑاتا ہُوا بڑے عجیب انداز سے اُن کی طرف چلا آ رہا ہے۔ وہ گولی کھا کر زخمی ہو چُکا تھا۔ جُونہی وہ اُن کے قریب آیا، اُس نے اپنا مُنہ اور دونوں پنجے ان پر حملہ کرنے کے لیے اُوپر اُٹھائے۔ احسن نے بڑھ کر بندُوق کا دستہ اُس کے مُنّہ پر زور سے دے مارا۔ جس سے اُس کے مُنّہ سے خُون فوّارے کی طرح بہنے لگا۔ زخمی تو وہ ہو ہی چُکا تھا۔ دُوسری ضرب کھا کر اور کچُھ دیر زمین پر تڑپنے اور شور مچانے کے بعد وہیں ختم ہو گیا۔

احسن نے خوشی کا ایک نعرہ لگایا اور ضیا کو ایسی نظروں سے دیکھنے لگا، گویا اُس کی زبان سے اپنی بہادری کی تعریف سُننا چاہتا ہے۔

"اب اسے گھر لے چلیں؟" ضیا نے کہا۔

"ہاں ابّا جان کو دکھائیں گے۔" اُس نے

جواب دیا۔

"لیکن مجھے تو اِس پر رحم آتا ہے۔ تُم نے اِس بے چارے کو مارا کیوں؟" ضیا نے کہا۔

"کیوں مارا؟ یہ مُوذی جانور ہے۔ نہ مارتے تو یہ ہمیں مار ڈالتا۔" احسن نے مُردہ ریچھ کی طرف دیکھتے ہوئے کہا اور پھر ضیا کی طرف دیکھنے لگا۔ لیکن ضیا نے اُس کی بات نہ سُنی۔ کیونکہ اُس کی توجّہ کسی اور طرف چلی گئی تھی۔ وہ گھبرا کر اِدھر اُدھر دیکھنے لگا۔ اُس کے کانوں میں کچھ فاصلے پر سے خوفناک قِسم کی آواز آ رہی تھی اور اب اس آواز کو دونوں بھائی سُن رہے تھے۔ یہ آواز لمحہ بہ لمحہ نزدیک آنے لگی۔ اچانک احسن نے گھبرا کر ضیا کو دونوں کندھوں سے پکڑ لیا۔ ریچھ! ریچھ آگیا۔"

گھبراہٹ میں یہ الفاظ اُس کے مُنہ سے نکلے اور سامنے ایک بہت بڑا سیاہ ریچھ نمودار ہُوا۔ وہ اپنے خوفناک سر کو زمین کی طرف جھکائے بڑے خطرناک انداز سے آ رہا تھا۔

دونوں بھائیوں پر اِس قدر دہشت چھاگئی کہ انھیں کچھ سوجھتا ہی نہ تھا۔ بندوق احسن کے ہاتھ میں تھی۔ لیکن اسے اندازہ تھا کہ گولی بھرنے اور نشانہ باندھنے سے پہلے ہی ریچھ اُسے آ لے گا۔ وہ بندوق زمین پر پھینک قریب کے ایک درخت پر چڑھ گیا اور ضیا کو بھی فوراً دُوسرے درخت پر چڑھنے کی ہدایت کی۔

ریچھ نہایت تیزی سے اِدھر اُدھر زمین کو سُونگھتا ہُوا اپنے بچے کے قریب آیا اور اسے چاروں طرف سے ہلا جلا کر سُونگھنے لگا۔ ریچھ سُونگھ کر معلوم کر لیتا ہے کہ

لاش میں جان ہے یا نہیں۔ جب اُسے تسلّی ہو گئی کہ بچّہ مر چُکا ہے تو اُس نے ایک دردناک چیخ ماری جس سے سارا جنگل ہل گیا اور دونوں بھائیوں کے دِل بھی دہل گئے۔ اب وہ لاش کو چھوڑ کر ان دونوں کی طرف لپکا۔ غُصّے کے مارے اس کی آنکھیں سُرخ ہو رہی تھیں۔

پہلے وہ اس درخت کے قریب آیا جس پر خوف زدہ احسن بیٹھا ہُوا تھا۔ رِیچھ نے اپنا بھاری سر اُوپر اُٹھا کر اس کی طرف دیکھا اور پھر اپنے پنجے درخت پر جما کر اس پر چڑھنا شرُوع کر دیا۔ ضیا دُور ایک درخت پر بیٹھا یہ نظارہ دیکھ رہا تھا اور خوف سے لرز رہا تھا۔

ابھی رِیچھ احسن تک پہنچا نہ تھا کہ احسن چھلانگ لگا کر اسی درخت کے ساتھ والی شاخ پر کُود گیا۔ رِیچھ دُوسری شاخ تک نہ

جا سکتا تھا۔ اِس لیے وہ اب نیچے اُتر آیا تاکہ نیچے سے دُوسری شاخ کی طرف جا سکے۔

اِسی دوران میں ضیا نے اپنے بھائی کی جان بچانے کے لیے اپنے آپ کو خطرے میں ڈال دیا۔ اُس نے درخت سے نیچے اُتر کر زمین پر پڑی ہوئی بندُوق اُٹھائی اور گولی بھر کر ریچھ پر نشانہ لگایا۔ ریچھ جو ابھی درخت کے تنے پر ہی چڑھنے کی کوشش کر رہا تھا' زخمی ہو کر ایک دم مُڑا اور احسن کو چھوڑ کر ضیا کی طرف دوڑا جو اب بندُوق پھینک کر دوبارہ درخت پر چڑھ رہا تھا۔ دونوں کے درمیان بہت کم فاصلہ رہ گیا تھا۔ ریچھ نے اپنا اگلا پنجہ اُسے مارا جس سے وہ زخمی ہونے سے تو بچ گیا لیکن اس کی لٹکتی ہوئی قمیص کے ٹکڑے علٰحدہ ہو کر ریچھ کے پنجے میں رہ گئے اور ریچھ پھسلتا ہُوا زمین پر آ گیا۔

احسن نے دُوسرے درخت پر سے بھائی کو آواز دی کہ اور اُوپر چڑھ جائے۔ کیونکہ ریچھ دوبارہ درخت پر چڑھ رہا تھا۔

اب جب احسن کو ضیا کی جان خطرے میں نظر آئی تو وہ درخت پر سے اُترا اور ایک گولی ریچھ پر چلا دی۔ ریچھ جو ضیا سے اب چند فٹ کے فاصلے پر تھا، گولی کھاتے ہی دھڑام سے زمین پر آگرا۔ اِس دُوسری گولی کا زخم اِتنا کاری ثابت ہُوا کہ وہ گرتے ہی ٹھنڈا ہو گیا۔

ضیا نے جو درخت کی بہت اُونچی شاخ پر بیٹھا تھا، جب ریچھ کو اِس طرح زمین پر گرتے دیکھا تو اُس نے خیال کیا کہ شاید ریچھ کو گولی نہیں لگی بلکہ اُس نے درخت پر سے احسن پر چھلانگ لگا دی ہے اور اب وہ احسن کو زِندہ نہیں چھوڑے گا۔

یہ خیال آتے ہی وہ بھائی کے غم میں اپنے حواس کھو بیٹھا اور غش کھا کر درخت سے نیچے گر پڑا۔ لیکن خوش قسمتی سے وہ مُردہ رِیچھ کے اُوپر گِرا جس کے بدن کی کھال اور بڑے بڑے بالوں نے اُس کے لیے گدیلے کا کام دِیا۔ جب اُسے ہوش آیا تو رِیچھ کو مُردہ اور بھائی کو زِندہ دیکھ کر اس کی جان میں جان آئی اور پھر دونوں بھائی ایک دُوسرے سے لپٹ گئے۔

اب ان کی خُوشی کا کوئی ٹھکانا نہ تھا۔ وہ دونوں رِیچھ اور اُس کے بچّے کو گھسیٹتے ہوئے گھر لے گئے اور جب دونوں بھائیوں نے سب واقعات گھر والوں کو سُنائے تو وہ ان کی بہادری پر حیران رہ گئے اور دونوں بھائیوں کی اس محبّت کی یادگار کے طور پر رِیچھ اور اس کے بچّے کی کھال اُتروا کر اُنھوں نے اپنے کمرے کی دیوار پر لٹکا دی۔

وُہ تو ہماری بھی نانی نِکلی

ظفر، شوکت اور اقبال اپنے چچا سے کہانی سُننے کے لیے ضِد کر رہے تھے۔ چھوٹی نسرین بھی توتلی زبان سے اُن کا ساتھ دے رہی تھی —— "چچا ہمیں ٹھگوں والی کہانی سُناؤ۔"

"ہاں ہاں! ٹھگوں والی۔ ٹھگوں والی۔ ٹھگوں والی۔" دُوسرے بھی بول پڑے اور شور مچانے لگے۔

"اچھا بھئی لو۔ ٹھگوں والی کہانی ہی سُن لو۔ ہاں نسرین، بھئی تم ہُنکارا دیتی جانا۔"

"ہاں تو ایک بُڑھیا تھی۔"

"جیسے ہماری نانی ہیں؟ —— نسرین بول پڑی۔

"نہیں، جیسے میری نانی ہیں" شوکت نے کہا۔

"تم سب جھوٹے ہو وہ تو میری نانی کی طرح تھی" ظفر بول پڑا۔

"ہاں بھئی تمھاری نانی کی طرح ہی تھی۔ اب اگر بیچ میں کوئی بولا تو میں کہانی نہیں سُناؤں گا"

"ہاں تو وہ بُڑھیا اپنا سارا گہنا پاتا پہن کر کہیں جا رہی تھی"

"چچا کیا کیا گہنا تھا؟"

"دیکھو نسرین! تم پھر بیچ میں بول پڑیں۔ گہنا کیا تھا؟ یہی کانوں میں جھُمکے تھے۔ باہوں میں کنگن تھے اور گلے میں ہار تھا۔ مگر یہ سارے زیور تھے سونے کے —— سمجھی نا۔ پھر یہ ہُوا کہ بے چاری بُڑھیا کے پیچھے دو ٹھگ لگ گئے۔ دونوں بڑے چال باز،

مکّار اور عیّار تھے۔ دونوں آپس میں گہرے دوست تھے۔ دونوں چاہتے تھے کہ بُڑھیا سے سارے کا سارا زیور ہتھیا لیں۔ لیکن بُڑھیا نے بھی اپنے بال دُھوپ میں سفید نہیں کِیے تھے۔ وہ ٹھگ تو ٹھگ تھے ہی ـــــ یہ بُڑھیا اُن کی بھی نانی تھی۔

ایک ٹھگ نے آگے بڑھ کر علیک سلیک کے بعد پُوچھا کہ "بڑی امّاں کہاں جا رہی ہو؟"

"بیٹا! شہر جا رہی ہُوں" بُڑھیا نے جواب دیا۔

"پھر تو خُوب ساتھ ہُوا۔ بڑی امّاں، ہم بھی تو شہر ہی جا رہے ہیں۔" دُوسرا ٹھگ بولا۔

"ہاں بیٹا! اچھّا ہو گیا۔" بُڑھیا نے کہا۔

تھوڑی دُور چلنے کے بعد ایک ٹھگ بولا۔ "بڑی امّاں کوئی کہانی ہی سُناؤ۔ جس سے

سفر کی تکان معلوم نہ ہو اور وقت بھی جلد کٹ جائے۔"

"بیٹا! میں بھلا کون سی کہانی سناؤں؟ تم ہی کچھ کہو۔"

"ہم سنائیں۔" دوسرا ٹھگ بولا۔ "مگر بڑی امّاں ایک شرط ہے۔ وہ یہ کہ اگر تم نے ہماری کہانی کو جھوٹ کہا تو ہم تمھارے کنگن اُتار لیں گے۔" بڑھیا نے اُن کی یہ شرط مان لی اور ایک ٹھگ کہانی سنانے لگا۔

"بڑی امّاں! ہماری ایک گائے تھی۔ بڑی خُوب صُورت موٹی موٹی آنکھیں تھیں اُس کی۔ لمبے لمبے کان تھے۔ دُودھ اِتنا دیتی تھی کہ ہم دوہتے دوہتے تھک جاتے تھے۔ لیکن دُودھ پھر بھی ختم نہ ہوتا تھا۔ اس میں خاص بات یہ تھی کہ اگر ہم اُس کے داہنے سینگ پر بیٹھ جاتے تو مغرب میں پہنچ جاتے اور جب بائیں پر بیٹھتے تو مشرق میں آ جاتے۔

"پاکستان بننے پر جب ہم قافلے کے ساتھ پاکستان آ رہے تھے تو ہم پر فسادیوں نے حملہ کر دیا۔ ایک سنسناتی ہوئی گولی آئی۔ ہماری گائے کو لگی اور بے چاری وہیں ڈھیر ہوگئی۔"

"بڑا افسوس ہے۔" بُڑھیا نے افسوس ظاہر کرتے ہوئے کہا۔

"بڑی امّاں! اب تُم کچھ سُناؤ۔" ٹھگ

نے تیر نشانے پر نہ لگتے دیکھ کر کہا۔
"میں سُناؤں؟" بُڑھیا نے کہا۔ اگر تُم نے میری بات کو غلط جانا تو تمھیں ایک سَو رُوپیہ دینا پڑے گا۔"

ٹھگوں نے کہا۔" ہمیں منظور ہے۔"

"تو پھر سُنو بیٹو! جب میری شادی ہوئی تو میرے والد نے ایک بَیل بھی مجھے جہیز میں دیا۔ بڑا اچھّا بَیل تھا۔ کِسی کو کُچھ نہ کہتا تھا۔ ایک دفعہ یُوں ہی باہر کھیت میں کوئی دُوسرا بَیل اُس سے لڑ پڑا۔ ایسا لڑا کہ ہمارے بَیل کے ماتھے پر اچھّا خاصا زخم ہو گیا ہم نے بہتیرے علاج کرائے لیکن زخم نہ بھر سکا — کرنا خُدا کا یُوں ہُوا کہ بنولے کا دانہ اُس کے زخم میں کہیں سے گر گیا۔ ہوتے ہوتے وہ اچھّا خاصا پودا بن گیا۔ اس میں ایسی نفیس

کپاس لگی کہ تمھیں کیا بتاؤں۔ وہ کپاس ہم نے جمع کرنی شروع کر دی۔ اتنی کپاس جمع ہو گئی کہ اب گھر میں جگہ نہ رہی۔ گھر گھر ہمارے بیل کے چرچے ہونے لگے۔ بڑی بڑی دُور سے لوگ باگ اِس انوکھے بیل کو دیکھنے کے لیے آتے۔ اس کی کپاس کو دیکھتے اور تعریفوں کے پُل باندھ دیتے۔ اب ہمارے پاس اِتنی زیادہ کپاس ہو گئی کہ سنبھالنا مُشکل ہو گئی۔ ہم نے اسے بیلوا کر کاتنا شروع کیا اور اس کا کپڑا لتّا بنانے لگے۔ کئی قسم کے کپڑے بنوائے۔ جن میں کھیس بھی تھے۔ اُن کھیسوں میں سے دو کھیس کہیں چوری ہو گئے۔ بیٹیا! خُدا جھُوٹ نہ بُلوائے۔ یہ کھیس جو تم اوڑھے ہوئے ہو، وہی ہیں جو چوری ہوئے تھے۔ مہربانی کرکے یہ کھیس اُتار دو۔"

دونوں ٹھگوں نے اپنے کھیس بُڑھیا کو

دے دیے اور کرتے بھی کیا۔ شرط جو بدی تھی۔ مجبور تھے۔

"ہاں تو بیٹا! بڑھیا نے پھر کہانی کا سلسلہ شروع کیا۔ "ہم نے اس کپاس میں سے ململ کے تھان بنوائے۔ ململ کے تھانوں میں سے ایک تھان گم ہو گیا۔ یہ جو تمھاری پگڑیاں ہیں، اسی تھان کی ہیں۔ یہ بھی اُتار دو۔"

اُنھوں نے پگڑیاں بھی اُتار دیں۔ نہ اُتارتے تو شرط کے مطابق سو روپیہ دیتے۔

اب شہر نزدیک ہی تھا۔ ایک ٹھگ بولا۔ "بڑی اماں! بھوک لگ رہی ہے۔"

"اچھا بیٹا! شہر آیا ہی سمجھو۔ مجھے اپنے کنگن بیچنے ہیں۔ کنگن بیچ لیں اور پھر آرام سے کسی جگہ بیٹھ کر کھانا کھائیں گے۔"

وہ خاموش ہو گئے اور سوچنے لگے کہ بڑھیا کنگن بیچ لے پھر کوئی داؤ چلائیں گے۔ وہ بڑھیا کے ساتھ چلتے ہوئے اپنی دماغی سڑکوں

پر تدبیروں کے گھوڑے دوڑانے لگے۔

اب وہ شہر میں پہنچ گئے تھے۔ ہر طرف خُوب چہل پہل تھی۔ کھوّے سے کھوّا چھلتا تھا۔ بُڑھیا نے اپنے کنگن اُتار لیے اور اُن سے کہنے لگی:

"بیٹا! سُنار کی دُکان آگئی ہے۔ تُم یہاں بیٹھو میں اپنے کنگن بیچ لُوں۔"

وہ سُنار کی دُکان کے قریب ہی بیٹھ گئے اور بُڑھیا سُنار کی دُکان پر پہنچ گئی۔

"کیا چاہیے اماں تمھیں؟ سُنار نے پُوچھا۔

"میں اپنے دو نوکر بیچنا چاہتی ہُوں وہ سامنے بیٹھے ہیں۔"

"نوکروں کی تو ہمیں بہت ضرورت تھی۔" سُنار نے کہا۔ "بولو اماں! کیا قیمت ہے ان دونوں کی؟"

"تین سو روپے۔" بُڑھیا نے کہا اور بات دو سو رُوپے پر طے ہو گئی۔

"میں نوکروں سے پوچھ لوں کہ ان میں سے ایک بِکنا چاہتا ہے یا دونوں؟" بڑھیا نے کہا اور پھر بُلند آواز سے پُوچھنے لگی۔ بیٹا! ایک بیچوں یا دونوں؟"

اُدھر سے جواب ملا۔" اماں! دونوں ہی بیچ دے۔ ایک کو کہاں رکھّے گی؟"

بُڑھیا نے دو سو روپوں میں دونوں ٹھگوں کو سُنار کے ہاتھ بیچ دیا اور اُن کے پاس آکر کہنے لگی۔" بیٹا! تُم یہیں بیٹھو۔ میں تمھارے لیے کھانا لے کر آتی ہُوں۔"

"کچھ مٹھائی بھی لیتی آنا اماں!" دونوں نے کہا اور بُڑھیا" اچھّی بات" کہہ کر نو دو گیارہ ہو گئی۔

تھوڑی دیر بعد سُنار نے اُنھیں بُلایا اور دریاں جھاڑنے کا حُکم دِیا تو اُن کو حقیقت معلُوم ہوئی اور اُنھوں نے کہا:

"ارے، وہ تو ہماری بھی نانی نکلی!"

"کیوں ظفر! اچھی کہانی ہے نا ــــ"؟

"ہاں چچا جان! اچھّی کہانی ہے۔ کوئی اور سُنائیے"۔ بچّوں نے کہا۔

"نہیں بھئی۔ اب رات زیادہ ہوگئی ہے سو جاؤ۔ صُبح تمھُیں سکوُل بھی جانا ہے۔ دیکھو نسرین بھی جمائیاں لے رہی ہے۔ کل تُم نے اپنے سبق فرفر سُنا دِیے تو ایک اور دِل چسپ کہانی سُناؤں گا۔ اچھّا اب سو جاؤ۔ شاباش"۔

چور مینا

مہاراجا رنجیت سنگھ پنجاب کا راجا تھا۔ ایک دفعہ اُس کے زمانے میں لاہور میں اِس بات کا بڑا شور مچا کہ عورتوں کے زیور خُود بخُود غائب ہو جاتے ہیں۔ کوئی عورت کان سے بالی اُتار کر اِدھر اُدھر ہوئی اور بالی غائب۔ کسی نے مُنہ دھوتے وقت ناک سے لونگ اُتار کر رکھی تو لونگ ندارد۔ کسی نے ناک سے کیل اُتاری اور خُود گھڑی بھر کے لیے اندر گئی تو کیل ہی گُم۔ بڑھتے بڑھتے یہ حالت یہاں تک پہنچی کہ ہر روز کسی نہ کسی محلّے میں عورتوں کے زیور چوری ہونے لگے۔

چند ہی دِنوں میں ایسا طُوفان اُٹھا کہ لوگ کوتوالی میں حاضر ہو کر چیخ پکار کرنے لگے کہ دِن دہاڑے چیزیں اُڑ جاتی ہیں اور کچُھ پتا نہیں چلتا۔ مزے کی بات یہ تھی کہ جہاں چوری ہوتی وہاں کسی غیر آدمی کا آنا ثابت نہیں ہوتا تھا۔ اندر سے اگر مکان کو قُفل لگا رکھّا ہے یا سیڑھیوں کو بند کیا ہُوا ہے تو وہ بھی بدستور بند رہتی تھیں۔ لیکن زیور غائب ہو جاتا تھا۔

یہ حالت چھ ماہ تک رہی۔ شہر میں اِس بات کا عام چرچا تھا کہ عورتوں کے چھوٹے چھوٹے زیور پُر اسرار طریقے سے چوری ہو جاتے ہیں لیکن پھر بھی بے پروا اور سیدھی سادی عورتیں لونگ، کیل، انگوٹھی، چھلّا اُتار کر گھر میں رکھ دیتی تھیں اور وہ فوراً غائب ہو جاتا تھا۔ کہا جانے لگا کہ کوئی جادُو کے زور سے چوری کرتا ہے۔

بعض لوگوں کی رائے تھی کہ جن بھوت چرا کر لے جاتے ہیں۔

اُن دِنوں لاہور میں شہباز خاں کوتوال تھا۔ یہ شخص قصور کا رہنے والا تھا۔ اُس کے ماتحت ارجن سنگھ جمعدار تھا جو بہت قابل اور ذہین تھا۔ عام طور پر پیچیدہ مقدّمات جن کا سُراغ لگانا مشکل ہوتا، تفتیش کے لیے ارجن سنگھ کے سپرد کیے جاتے تھے۔

ایک دِن بیٹھے بیٹھے کوتوال صاحب ارجن سنگھ سے کہنے لگے:

"دیکھ لی آپ کی لیاقت۔ آپ اس چور کا سُراغ نہیں لگا سکتے۔"

یہ سُن کر جمعدار نے کہا۔ "حُکم کی دیر ہے۔ دیکھیے کس طرح گرفتار کرکے لاتا ہوں۔"

اِس پر کوتوال نے ارجن سنگھ کو اُس عجیب و غریب چور کی گرفتاری پر مامور کیا۔ عقل مند جمعدار نے سب سے پہلے اُن

مکانوں کا مُعاینہ کیا، جہاں سے زیور چوری
ہوئے تھے۔ سب زیور ہلکے وزن کے تھے۔
جمعدار سوچنے لگا کہ چور اِنسان نہیں ہے۔
یہ کوئی اور ہی مخلُوق ہے۔ اِسی فکر میں
غرق وہ بازار میں سے گزُر رہا تھا کہ ایک
شخص کو دیکھا کہ دو تین چھت پر سے گرآتا
ہے اور مَینا اُسے گرنے سے پہلے پکڑ لیتی
ہے اور اپنے مالک کے پاس لے آتی ہے۔
ارجن سِنگھ کے ذہن میں پہلے ہی یہ خیال تھا

کہ اِس قِسم کی چوری اِنسان نہیں کرتا، بلکہ کوئی اَور چیز ہے۔ فورًا دماغ اِس طرف متوجّہ ہُوا کہ ہو نہ ہو کوئی جانور چور ہے جس کو یہ سکھایا گیا ہے کہ چھوٹے چھوٹے زیور جہاں پڑے ہوں، اُٹھا کر مالک کے پاس لے آئے۔

یہ گُتھی حل ہوتے ہی وہ ہر شخص کی بڑے غور سے نگرانی کرتا رہا۔ ایک دِن ایک شخص کو پنجرا ہاتھ میں لیے ہوئے دیکھا، جس پر غلاف پڑا ہُوا تھا اور وہ شخص اِدھر اُدھر گھُوم رہا تھا۔

ارجن سِنگھ کو شک ہُوا۔ وہ اُس کے پیچھے لگ کر نگرانی کرنے لگا۔ دُوسرے ہی دِن اُس نے دیکھا کہ چُونے منڈی کی ایک گلی میں جاکر اُس شخص نے اِدھر اُدھر تاکا اور جب وہاں کسی کو موجُود نہ پایا تو پنجرے کا غلاف تھوڑا سا اُٹھا دیا اور

ایک پرندہ فوراً اُڑ کر باہر چلا گیا۔ یہ شخص گلی میں ٹہلنے لگا۔ ارجن بھی تاک میں تھا۔ کوئی دس پندرہ منٹ کا عرصہ گزرا ہوگا کہ وُہی پرندہ چونچ میں انگوٹھی پکڑے ہوئے جھٹ اُس شخص کے ہاتھ پر آ بیٹھا اور اُس نے انگوٹھی جیب میں ڈال کر جانور کو پھر پنجرے میں بند کر دیا اور کوئی کھانے کی چیز اُس کو دے دی۔

ارجن سنگھ یہ دیکھ کر بے حد خوش ہُوا۔ اُس کو جس چیز کی تلاش تھی، وہ مل گئی۔ جب یہ مجرم موتی بازار میں سے گزر رہا تھا، تو ارجن نے اُسے پکڑ لیا اور اُس کی تلاشی لی تو دو لونگیں، تین انگوٹھیاں اور دو چھلّے برآمد ہوئے۔ وہ اُس کو کوتوالی لے گیا اور پنجرا کوتوال کے سامنے رکھ کر کہا —"جناب! اس پنجرے میں آپ کا چور ہے۔ جس نے کئی مہینوں سے شہر

میں آفت مچا رکھی ہے۔ اور یہ شخص جو پاس کھڑا ہے، اِس کا مالک ہے۔"

کوتوال نے اُس شخص سے دریافت کیا تو اُس نے اپنے مکان کا پتا بتایا جہاں سے ایک گھڑا انگوٹھیوں، چھلّوں اور سونے کی کیلوں وغیرہ کا بر آمد ہُوا۔ مجُرم نے بتایا کہ میں نے اِس مَینا کو سِکھا پڑھا کر چور بنایا تھا۔ جہاں یہ سونے کی کوئی کم وزن ہلکی سی چیز پڑی دیکھتی، اُٹھا لاتی۔

اِس گرفتاری سے کوتوال صاحب اور شہر کے لوگ بہت خُوش ہوئے اور ارجن سنگھ کو معقُول اِنعام مِلا۔ مجُرم کے دونوں ہاتھ کٹوا دِیے گئے اور مَینا کو شاہی چڑیا خانے میں بھیج دیا گیا اور اُس کے پنجرے پر لکھ دیا گیا "چور مَینا" جو بھی اُسے دیکھتا، چور اور سُراغ رساں کی چالاکی پر حیران ہوتا۔

ایک دِن کا ذِکر ہے!

جب میں سکول سے آئی تو دیکھا کہ گھر اکیلا ہے۔ صرف نوکر ہی گھر میں ہیں۔ میں نے رشید سے پُوچھا۔" ممی کہاں ہیں رشید؟" اُس نے بتایا کہ" جمیلہ صاحب کے لڑکے کی شادی ہے۔ وہاں گئی ہیں۔" سیمیں کو بھی اپنے ساتھ ہی لے گئی تھیں۔ چھوٹے بھائی ابھی سکول سے نہیں آئے تھے۔ پاپا دَورے پر تھے اور باجی، بھائی جان تو اپنے کالج میں رہتے ہی ہیں۔ کہنے کا مقصد یہ کہ گھر پر میں ہی تھی۔ کھانا نکالنے کے لیے کہہ کر میں کپڑے بدلنے چلی گئی۔

"زیبا بی بی! آپ کو بھی آنے کے لیے حُکم

دیا ہے بیگم صاحب نے ۔" انور نے مجھے پانی دیتے ہوئے کہا۔

"کہاں آنے کا؟" میں نے پُوچھا۔

"شادی میں۔ آپ کے واسطے فراک، شلوار نکال کر رکھ دیا ہے۔ کچھ دیر آرام کر لیجیے۔ سہ پہر کو حمید پہنچا دے گا۔ تب تک چھوٹے میاں بھی آ جائیں گے۔" انور نے کہا۔

"اچھا" کہہ کر میں کھانا کھانے لگی۔ اس کے بعد اپنے کمرے میں آئی۔ سوچا کچھ دیر آرام کر لوں۔ مگر پھر خیال آیا کہ سکول کا کام پُورا کر لینا چاہیے۔ نہ جانے کتنی رات کو واپسی ہو۔ پھر نیند آ جائے۔ میں نے اپنی نوٹ بُک دیکھی، جس میں سکول کا ملا ہُوا کام لکھتی ہُوں۔ آج کا کام تو بہت ہی ہے۔ کیسے پُورا ہو سکے گا اِتنی سی دیر میں۔ تین سوال حساب کے کرنا۔ انگریزی کے جُملے بنانا۔ نقشے میں پہاڑ دریا بنانا۔ اُردو نظم یاد کرنا۔ تاریخ کے

سوال لکھنا اور ڈرائنگ ـــــــ یا اللہ! آج تو سب ہی اُستانیوں نے کام دے دیا۔ میں نے قطعی فیصلہ کر لیا کہ آج شادی میں نہیں جاؤں گی۔ کچھ دیر آرام کرنے کے بعد میں پڑھنے بیٹھ گئی اور ابھی پُورا صفحہ بھی نہیں لکھ پائی تھی کہ قلم ٹُوٹ گیا۔ قلم بنانا مجھے آتا نہیں۔ سوچا چھوٹے بھائی آ گئے ہوں گے۔ ان سے بنوالوں گی۔ کمرے سے باہر آئی۔ رشید نے بتایا کہ وہ تو شادی میں چلے گئے ہیں ـــــ "خیر کوئی بات نہیں" کہتی ہُوئی میں پاپا کے کمرے میں گئی۔ تاکہ قلم تراش لے کر خود ہی جیسا بھی آتا ہے، قلم بنا کر کام چلا لُوں۔

میں چاقو تلاش کر رہی تھی۔ چیزوں کو احتیاط سے اُٹھاتی تھی تاکہ خراب نہ ہو جائیں اور پاپا آ کر خفا ہوں۔ یکایک مجھے میز کے نیچے کچھ سرسراہٹ معلوم ہُوئی۔ ساتھ ہی ردّی کی ٹوکری بھی گری۔ جُھک کر

دیکھا تو مارے ڈر کے بُرا حال ہو گیا۔ ایک سانپ خاصہ بڑا قریب دو ڈیڑھ فٹ لمبا، بہت چمکیلا اور خُوب صُورت میز کے نیچے۔ —— یا اللہ! اب میں کیا کروں —؟ میرا دِل زور زور سے دھڑکنے لگا۔ دل چاہا بھاگ جاؤں۔ مگر پھر سوچا نہ جانے یہ سانپ کِدھر چلا جائے۔ اور پھر کِس وقت نِکل آئے —— کیا کروں! مارنا میرے لِیے نامُمکن تھا۔ اگر چیخ کر کسی نوکر کو بُلاتی تو یہ خیال تھا کہ شاید آواز سُن کر سانپ مجُھ پر حملہ کر دے۔ ایک ہی منٹ میں یہ سب خیالات میرے دماغ میں پیدا ہُوئے۔ مگر سب میں خطرہ ہی خطرہ تھا۔ ایک دم مجھے خیال آیا کہ ممی سوتے وقت آیۃ الکرسی پڑھ کر سارے گھر پہ حصار کرتی ہیں۔ وہ کہتی ہیں کہ اس کے بعد کوئی طاقت نقصان نہیں پہنچا سکتی۔ اللہ ہماری حفاظت کرتا ہے۔

مگر مجھے تو آیتہ الکرسی بھی نہیں آتی۔ صرف دو ایک آیتیں شروع کی، سُنتے سُنتے یاد ہو گئی تھیں۔ جلدی جلدی میں نے وُہی پڑھنا شروع کیں اور قُلْ ھُوَاللّٰہُ کئی بار پڑھ کر اپنے اُوپر حصار کیا۔ مجھے ایسا معلوم ہونے لگا جیسے سانپ کوئی ڈرنے کی چیز ہی نہیں۔ مجھے یاد آیا کہ ثریّا نے ایک مرتبہ کہا تھا۔ اُس کی باجی یَاحَفِیْظُ بہت پڑھتی ہیں۔ اُن کو ڈر نہیں لگتا۔

میں نے یَاحَفِیْظُ یَا حَفِیْظُ بہت جلدی جلدی کہہ کر حصار کرنا شروع کیا۔ میں برابر یَاحَفِیْظُ کہتی رہی اور وہ سانپ مجھ کو دیکھتا رہا۔ اب اُس کی آنکھوں سے مجھے بالکل ڈر نہیں لگ رہا تھا اور شاید اُس کی بھی اِتنی ہمّت نہ پڑتی تھی کہ میرے قریب آئے۔ یا کم از کم کہیں بھاگ ہی جائے۔ وہ جہاں تھا وہاں ہی کُنڈلی بنا کر بیٹھ گیا۔ جیسے

کہہ رہا ہو۔"جب خُدا تمُھاری حفاظت کر رہا ہے تو میری کیا مجال جو نقصان پہنچاؤں"۔
گزُشتہ چھُٹیوں میں باجی میرے لیے جو کتاب لائی تھیں، اس میں لکھا تھا کہ"سانپ کو ہرگز زندہ نہ چھوڑو۔ وہ انسان کا دُشمن ہے اور موقع ملنے پر اس کو مار ڈالتا ہے۔ اِس لیے بہتر ہے کہ مُوذی کو ایذا پہنچانے سے پہلے مار ڈالا جائے"۔ مگر میں اس کو ماروں کیسے؟ یہ بڑا مُشکل سوال تھا۔ آخر کار میری نظر میز پر رکھی ہوئی لکڑی کی ٹرے پر پڑ گئی جس میں پاپا کے کاغذات اور فائل رکھّے تھے۔ میں نے اس کو خالی کیا اور مُسلسل"یا حفیظ" پڑھتے ہوئے بڑی ہمّت کرکے وہ ٹرے سانپ کے اُوپر اُلٹی رکھ دی۔ میری خوشی کی حد نہ رہی، جب دیکھا کہ وہ سانپ بہت آسانی سے اُس کے اندر بند ہو گیا ہے۔ پھر بھی اندیشہ تھا۔ شاید اس کو

ہٹا کر بھاگ جائے۔ کچھ وزن اس کے اُوپر رکھنا چاہیے۔ سارے کمرے میں تلاش کرنے کے بعد اور تو کچھ ملا نہیں۔ ٹائپ رائٹر اُٹھا کر اُس پر رکھ دیا اور باہر جانے لگی کہ کسی نوکر کو بُلا کر سانپ کو مروا دُوں۔ میں ابھی برآمدے ہی میں تھی کہ دیکھا پاپا آ رہے ہیں ان کے ساتھ رشید اُن کا ہیٹ اور چھڑی لیے آ رہا تھا۔ اپنے کمرے سے نکلتے دیکھ کر پاپا نے کہا "کیا کر رہی تھیں زیبی ہمارے کمرے میں؟"

"جی کچھ نہیں — قلم تراش لینے گئی تھی۔" میں نے جواب دیا۔

"ملا؟" اُنھوں نے پُوچھا۔

"جی نہیں! وہاں سانپ ہے۔" میں نے کہا۔

"سانپ! کہاں ہے؟ چلو دکھاؤ۔" کہتے ہوئے پاپا اندر آئے اور رشید گھبرانے لگا۔

سرکار! سانپ کیسے ہو سکتا ہے؟ روزانہ تو جھاڑو لگتی ہے فرش پر۔ سانپ کا کیا کام؟ بی بی کو دھوکا ہُوا ہوگا۔" مگر پاپا نے اُس کی ایک بھی نہ سُنی۔ اندر آکر بولے۔" کہاں ہے سانپ؟ کس طرف دیکھا تھا تُم نے؟ دیکھو الماری کے نیچے چلا گیا ہوگا۔ فرش ہٹا دو رشید......" اور نہ جانے کیا کیا ایک ہی سانس میں کہہ گئے۔ اُن کو بہت تعجّب ہُوا جب میں نے میز کے نیچے اشارہ کیا۔ جہاں اُلٹی ٹرے پر ٹائپ رائیٹر رکھّا تھا۔" کہاں؟" اُنھوں نے ایک مرتبہ پھر پُوچھا۔

"ٹرے کے نیچے"۔ میں نے کہا۔

"وہ کیسے؟"

میں نے سارا قصّہ بتایا کہ کِس طرح میں نے اُس کو قید کیا ہے۔ پاپا نے رشید سے چھڑی لے کر ٹرے ہٹانا چاہی۔ مگر رشید نے ایک جاں نثار نوکر کا فرض ادا کرتے ہُوئے کہا۔

"آپ نہ تکلیف کیجیے سرکار! میں ابھی مارے ڈالتا ہوں" وہ باہر سے بلّم لایا اور ٹرے ہٹا کر دیکھا۔ سانپ بدستور بیٹھا تھا۔ رشید نے اُس کو مار دیا۔

"پاپا دیکھیے! میں سچ کہہ رہی تھی نا؟" میں نے کہا۔

"اور کیا جھوٹ بھی بول سکتی ہے میری بیٹی؟" کہتے ہوئے اُنھوں نے مجھے خُوب زور سے پیار کیا۔

شام کو خلافِ توقّع ممی جلدی واپس آگئیں میرے نہ آنے کا سبب پُوچھا تو میں نے بتایا کہ سکول کا کام زیادہ تھا۔ اِس واسطے نہیں آئی۔

"وہاں ثریّا۔ ناہید۔ رفعت۔ شاہدہ۔ آمنہ اور اچھی بی نے تمھارا اِس قدر اِنتظار کیا کہ حد ہوگئی" ممی نے بُرقع اُتارتے ہُوئے کہا۔

"بیگم! اور سُنا تُم نے آج کا زیبی کا کارنامہ؟"
پاپا نے مُسکراتے ہُوئے کہا۔
"وہ کیا؟" ممی بولیں۔
اور پاپا نے کُل قصّہ سُنا دیا۔ ممی بہت خُوش ہُوئیں۔ مجھے پیار کیا اور خُوب شاباش دی۔

بوتل میں کشتی

لہریں مارتے سمندر کے کنارے ماہی گیروں کی ایک چھوٹی سی بستی آباد تھی۔ غریب مچھیرے ان پڑھ، جاہل اور غیر مہذب ماہی گیر سمندر سے مچھلیاں پکڑ کر شہر کی منڈی میں لے جاتے اور اس طرح اپنا اور اپنے بال بچوں کا پیٹ پالتے۔

ننھا راہو ماہی گیروں کے سردار کا پوتا تھا۔ اُس کے ماں باپ بچپن میں ہی اللہ کو پیارے ہو چکے تھے۔ اب اُس کے دادا اور دادی ہی اُس کے لیے سب کچھ تھے، جو اپنے سے زیادہ اُس کی دیکھ بھال کرتے اور اپنے ہونہار پوتے کی خوشی کے لیے

اپنا سب کچھ قُربان کر دینے کے لیے تیّار ہو جاتے۔

راہو کے دادا کے پاس تین شکاری کشتیاں تھیں۔ جب بُوڑھا کشتی میں بیٹھ کر سمندر کی اتھاہ گہرائی میں مچھلیاں پکڑنے جاتا تو ننھّے راہو کے دِل میں بھی یہ خواہش لہریں مارتی کہ وہ بھی اپنے دادا کی طرح مضبُوط ہاتھ پَیروں کا بڑا سا آدمی ہوتا، اُس کی بھی کوئی کشتی ہوتی اور وہ اُس میں بیٹھ کر مچھلیاں پکڑا کرتا۔ دِن رات وہ اِسی طرح کے سُنہرے خواب دیکھا کرتا۔ اُس کے ننھّے سے دِل میں جلدی سے بڑا ہو کر ماہی گیر بننے کی بے حد تمنّا تھی۔ کبھی کبھی وہ بُوڑھے دادا سے کہہ دیتا۔ "کیوں دادا! اب تو میں اِتنا بڑا ہوگیا۔ اب میں کوئی بچّہ تھوڑا ہی ہُوں۔ کل کو مجھے بھی اپنے ساتھ شکار پر لے چلنا۔ میں بھی کشتی میں بیٹھ کر

مچھلیاں پکڑوں گا۔" اور بوڑھا ہنس کر جواب دیتا۔ "بس تھوڑے دن اور ٹھہر جاؤ۔ ابھی تو تم بالکل ننھے منّے سے ہو۔ سمندر کی طوفانی موجوں کو دیکھ کر ڈر جاؤ گے۔ جب تم بڑے ہو جاؤ گے، جوان، مضبوط، دلیر اور عقل مند، تب تم بھی سمندر سے مچھلیاں پکڑا کرنا۔" لیکن راہو کے دل پر بوڑھے دادا کی تسلیوں کا کچھ اثر نہ ہوتا اور وہ بُری طرح مچل جاتا۔

ایک دن بوڑھے نے اس کی روز روز کی ضد سے تنگ آکر اسے ایک نہایت عجیب و غریب چیز دی۔ یہ ایک چھوٹی سی کشتی تھی جو بوتل میں بند تھی۔ ننھے راہو نے اچنبھے سے بوتل کو دیکھا اور پھر اپنے دادا کو سوالیہ نظروں سے گھورنے لگا۔ بوڑھا اس کا سر سہلا کر بولا "بیٹا تمھیں ماہی گیر بنانے سے پہلے میں تمھارا امتحان لینا

چاہتا ہوں۔ اگر تم ماہی گیروں جیسے بہادر، عقل مند اور دلیر ثابت ہوئے تو پھر میں تمھیں اپنے ساتھ سمندر میں لے جایا کروں گا۔ یہ کشتی جو تم بوتل میں بند دیکھ رہے ہو، یہ جادو کی کشتی ہے، اسے بہت سنبھال کر رکھنا کیونکہ اگر یہ ٹوٹ گئی تو پھر سمجھ لینا کہ میری کشتی بھی سمندر میں غرق ہو گئی۔ جب تک یہ بوتل اور اس کے اندر کی کشتی تمھارے پاس صحیح سلامت رہے گی مجھے سمندر کی طوفانی موجیں اور ہیبت ناک بھنور کوئی نقصان نہیں پہنچائیں گے۔ لیکن اگر اُسے کوئی گزند پہنچا تو پھر میرا خدا ہی حافظ ہے۔"

"تم بے فکر رہو دادا" راہو سینہ تان کر بولا۔ "میں اس کشتی کو اپنی جان سے زیادہ عزیز رکھوں گا۔ یہ میرا وعدہ ہے اور تم دیکھو گے کہ میں اپنے وعدے کا کہاں تک

پاس کرتا ہوں۔"

دُوسرے دِن علی الصّبح راہو بستر پر پڑا کروٹیں بدل رہا تھا کہ اُسے اپنی دادی کی آواز سُنائی دی۔ وہ زور زور سے کہہ رہی تھی۔"خُدا کے لیے مان جاؤ۔ آج سمندر میں جانا موت کو دعوت دینا ہے۔ دیکھتے نہیں موسم کتنا خراب ہے۔ آسمان پر

بَادل چھائے ہوئے ہیں اور جھکڑّ چل رہا ہے۔ کیوں خوِاہ مخوِاہ خطرہ مول لیتے ہو؟ مگر بُوڑھا مُستقل مزاجی سے بولا۔"اسّی برس

ہو گئے ہیں مجھے سمندر کی چھاتی پر کشتی کھیتے ہوئے، اب بھی میں اِس سے ڈروں تو یہ میری بزدلی ہو گی۔ اور پھر آج مچھلیاں نہ پکڑوں گا تو کل روٹی کیسے ملے گی؟ اناج بالکل ختم ہے۔ میرے پاس پھوٹی کوڑی بھی نہیں۔"

ننھے راہو کا دل سینے میں دھک دھک کرنے لگا۔ اُس نے خوف بھری نگاہوں سے بوتل والی کشتی کو دیکھا اور پھر مضبوطی سے اُسے دونوں ہاتھوں سے تھام لیا۔ اُس کے دماغ میں اپنے دادا کے وہ الفاظ گھوم رہے تھے جو اُس نے بوتل دیتے وقت کہے تھے۔ وہ چیخ اُٹھا "دادا تم فکر نہ کرو۔ طوفان تمھارا بال بھی بیکا نہیں کر سکے گا۔ میں اِس بوتل کو بڑی احتیاط سے رکھوں گا!"

دوپہر کے وقت جھکڑ زیادہ تیز ہو گیا۔ ہوا کے تیز و تُند جھونکوں سے سارا گھر لرزنے لگا۔ راہو ڈرا سہما بوتل پکڑے چولھے کے

پاس بیٹھا تھا اور اُس کی دادی کھڑکی میں کھڑی سمندر کی اُٹھتی ہوئی موجوں کو خوفزدہ نگاہوں سے دیکھ رہی تھی۔

"اُف میرے اللہ! اب کیا ہوگا؟" بڑھیا کانپ کر بولی۔ "سمندر کی لہریں آسمان سے باتیں کرنے لگیں۔ خُدایا — خُدایا۔"

راہو چُپ چاپ بیٹھا آگ کو تکتا رہا مگر بوتل کے گرد اُس کے ہاتھوں کی گرفت اور زیادہ مضبوط ہو گئی۔ چُولھے کی آگ بُجھ چکی تھی۔ گھر میں اور لکڑیاں نہ تھیں۔ بُڑھیا بولی۔ "بیٹا! دروازے کے باہر والے پیڑ کے نیچے سے لکڑیاں تو چُن لا۔ خبردار کہیں اور نہ چلے جانا۔"

راہو نے بوتل کو بڑی آہستگی سے تپائی پر رکھ دیا اور دروازہ کھول کر باہر جانے لگا۔ مگر ابھی اُس نے کُنڈی کھولی ہی تھی کہ ہوا کا ایک جھونکا ایسا آیا کہ کواڑ بڑے

زور سے کھُل گئے اور راہو اُچھل کر نیچے گر پڑا۔ ساتھ ہی جھونپڑی میں کھنکھناہٹ کی کی آواز گُونجی۔ بوتل زمین پر گرکر ٹُوٹ گئی تھی۔

"آہ دادی امّاں! ہائے دادی امّاں!" وہ سسکیاں لے کر بولا۔ "بوتل ٹُوٹ گئی۔ اب کیا ہوگا؟ دادا! تُم کہاں ہو؟ میں تمھیں بچاؤں گا۔ میں تمھیں بچاؤں گا۔" اُس نے دیوانوں کی طرح ٹُوٹی ہوئی بوتل کے ٹکڑوں اور کشتی کو اُٹھایا اور دروازہ کھول کر سمندر کی طرف دوڑنے لگا۔

شام کا بھیانک سنّاٹا۔ ہولناک سمندر کا کنارہ۔ مگر راہو اِردگرد سے بالکل بے خبر ایک پتھریلی چٹان پر کھڑا آنکھیں پھاڑ پھاڑ کر اِدھر اُدھر دیکھ رہا تھا۔ یا اللہ ـــ یا اللہ" ـــ اُس نے دونوں ہاتھ آسمان کی طرف اُٹھا کر دُعا مانگتے ہوئے کہا "میرے دادا کو صحیح سلامت

کنارے تک پہنچا دے۔ تُو جانتا ہے کہ

بوتل میں نے جان بُوجھ کر نہیں توڑی۔ میرا اِس میں کوئی قصور نہیں۔ میں بالکل بے گُناہ ہُوں" اُس نے آنکھیں جُھکا کر ٹُوٹی ہوئی بوتل کو دیکھا جو اُس کے کانپتے ہوئے ہاتھوں میں لرز رہی تھی۔ اور پھر اس کے ننّھے سے دماغ میں اُمید کی ایک ہلکی سی شُعاع پیدا ہوئی۔ ٹوٹی ہوئی چیز جوڑی بھی تو جا سکتی ہے۔ اُس نے کشتی کو بوتل میں رکھ دیا اور قمیص کا دامن پھاڑ کر بوتل کے ٹکڑوں

کو جوڑ کر خوب مضبوطی سے باندھ دیا۔ کشتی پھر بوتل میں محفوظ تھی۔ راہو کی آنکھیں خوشی کے مارے جگمگانے لگیں "اب دادا بالکل محفوظ ہو گئے۔ اب اُنھیں سمندر کچھ نقصان نہ پہنچا سکے گا۔" اُس نے زور سے چیختے ہوئے کہا اور مُنہ اُٹھا کر دیکھا۔ دُور دُھند لکے میں ایک کشتی ہچکولے کھاتی کنارے کی طرف آ رہی تھی۔ راہو کے مُنہ سے خوشی کی ایک چیخ نکل گئی اور وہ آواز دے کر بولا۔ "دادا! دادا!! کیا تمھی ہو؟ ٹھہرو! میں آگ جلاتا ہوں تا کہ تمھیں کنارہ نظر آ سکے۔" وہ چٹان سے کود گیا اور اِدھر اُدھر سے لکڑیاں اکٹھی کر کے کنارے پر جمع کر دیں۔ اور پھر پتھروں کو رگڑ کر اُنھیں آگ لگا دی۔ سمندر کا کنارہ روشنی سے جگمگانے لگا۔

کشتی آہستہ آہستہ ہلکورے لیتی کنارے کی

طرف آ رہی تھی۔ جُوں جُوں وہ قریب آتی گئی۔ راہو کی بے چینی بڑھتی گئی۔ وہ اُچھل اُچھل کر آوازیں دے رہا تھا۔ اب کشتی والا بھی اُسے جواب دے رہا تھا۔ راہو نے سُنا۔ اُس کے دادا ہی کی آواز تھی۔ اُس نے آگ اور تیز کر دی اور کشتی کی رسّی تھامنے کے لیے تیار ہو گیا۔

"کون راہو؟" بُوڑھے ملاّح نے پُوچھا "لو یہ رسّی کھُونٹے سے باندھ دو" اور جب راہو نے رسّی مضبُوطی سے جکڑ دی تو بُوڑھا اُسے گود میں لے کر بولا: "شاباش بیٹیا! تُم نے بڑا بہادری کا کام کیا۔ اب تُم بے شک ملاّح بننے کے لائق ہو۔ کل سے میرے ساتھ سمندر میں مچھلیاں پکڑنے چلنا۔"

اور راہو کا ننھّا سا دِل کشتی کی طرح ہچکولے کھانے لگا۔

شاہ خانم ٹھگنی

بہت دِنوں کا ذکر ہے کہ دِلّی کے خانم بازار میں ایران سے ایک عَورت آ کر رہی۔ یہ عَورت پرلے درجے کی مکّار اور چالاک تھی۔ دِلّی میں اُن دِنوں ہر محلّے میں بہت سے مکان خالی پڑے تھے۔ اِس عورت 'شاہ خانم' نے ایک مکان کرایے پر لے لیا۔ جب اُس کی تمام جمع پُونجی ختم ہو گئی تو بازار والوں کو لُوٹنے کا اِرادہ کر کے اُس نے محلّے کے ایک بچّے سے ڈولی منگوائی۔ گھر میں بڑے بڑے وزنی پتھّر پہلے ہی سے موجُود تھے۔ جیسے ہی ڈولی دروازے پر لگی۔ شاہ خانم نے پتھّر ڈولی میں رکھنے شرُوع

رکیے اور ......

خانم ۔ اے کہارو! ذرا مُنہ پھیر لو۔ ہماری بیگم صاحبہ ڈولی میں بیٹھ جائیں ......

کہار ۔ اچھا بی بی جی! ہم مُنہ پھیر لیتے ہیں۔ آپ بیٹھ جائیں ۔

خانم ۔ ہاں ٹھیک ہے ۔ اچھا بھئی! اب جلدی چلو۔ نرائن داس جوہری کے ہاں سے ہمیں کچھ گہنے لینے ہیں ۔

کہار ۔ بی بی جی! چاوڑی بازار چلنا ہے نا......؟

خانم ۔ (عجلت سے) ارے بھئی ہاں ...... تم چلو تو ......

(اور تھوڑی ہی دیر میں شاہ خانم جوہری کے ہاں پہنچی ۔ شاہ خانم چونکہ پیدل آئی تھی اِس لیے سیدھی دُکان میں پہنچی اور......)

خانم ۔ بس بھئی کہارو! ڈولی یہیں لگا دو......

نرائن ۔ (کھڑے ہو کر اِستقبال کرتے ہوئے) آئیے سرکار...... اِدھر آئیے حضور......

اے ..... یہاں تشریف رکھیے۔

خانم (متوجہ نہ ہو کر) اے بھئی کہارو! ......
تم سے کہا نا کہ ڈولی یہاں رکھ دو۔
مگر تم سنتے ہی نہیں .....

نرائن (ہمدردی جتاتے ہوئے) ابے کیا کر رہے ہو تم لوگ۔ ڈولی رکھ کیوں نہیں دیتے .....

کہار۔ رکھتے ہیں سیٹھ جی!

نرائن۔ (بیچ میں) اچھّا بکو مت۔ (انکساری سے ہاتھ باندھ کر) ہاں فرمائیے! ..... میں کیا خدمت کر سکتا ہوں؟

خانم (تحکمانہ لہجے میں) ہماری بیگم صاحبہ کو کچھ جڑاؤ گہنے چاہئیں ــــ سیٹھ جی ــــ اگر ہوں تو دکھائیے۔ اِسی لیے تکلیف دینے حاضر ہوئے ہیں۔

نرائن (جلدی سے) سرکار ـــــــ کیا بات کہتی ہیں۔ رام رام۔ تکلیف کی کیا

بات ہے؟

(شاہ خانم اب بُرقعے کا نقاب اُلٹ دیتی ہے اور اُس کے تمام جڑاؤ گہنے جو وُہ اُس وقت پہنے ہُوئی تھی، نرائِن دیکھ کر

حیران رہ جاتا ہے اور سوچتا ہے کہ جب نوکرانی ایسی ہے تو بیگم صاحبہ کا تو خُدا ہی معلُوم ــــ کہ کیا ہوں گی۔

نرائن۔ آپ بیگم صاحبہ کو اندر بُلا لیجیے نا۔ دم گھُٹ جائے گا۔ میں اِتنے میں زیورات

لاتا ہُوں۔

خانم۔ نہیں نہیں ــــ وہ وہیں ٹھیک ہیں۔ آپ زیورات لے کر آئیے۔

نرائن سیٹھ (اندر جاتے ہُوئے) ابھی حاضر ہُوا سرکار!

(وقفہ)

منیم (مال کو بکھرا ہُوا دیکھ کر)۔ میں نے کہا۔ یہ اتنے زیورات کا کیا ہوگا ــــ سیٹھ جی!

نرائن۔ ارے منیم جی! بڑی مال دار آسامی پھنسی ہے۔ بھگوان قسم! ــــ (چٹکی بجاتے ہُوئے) وہاں ماروں گا جہاں اُس کو پانی بھی نہ ملے۔ آؤ باہر آؤ۔ (باہر آکر) اے ــــ یہ لیجیے ــــ پہلے یہ جُھمکے دیکھیے! یہ جھلتیاں ہیں۔ ذرا اِس کی زنجیر مُلاحظہ فرمائیے۔ بھگوان قسم! فرصت میں بیٹھ کر بنایا ہے کاری گر نے۔ بس آپ لوگوں کے لیے بنا ہے جو سچ پُوچھو۔ کیوں منیم جی!

منیم۔ ہاں سیٹھ جی!

نرائن۔ اور یہ دیکھیے۔ یہ ہیں پونہچیاں یعنی امیروں کی جان۔ غریبوں کا ایمان۔ ہاتھوں کی زینت۔ عورتوں کی عزت — یہ

منیم (بیچ میں) ارے حضور! یہ وہ چیز ہے جس کے متعلق بڑے بڑے شاعر بھی شعر لکھ گئے ہیں۔

خانم (ہنستے ہوئے) سیٹھ جی! میرا خیال ہے کہ آپ تمام چیزیں مجھے دے دیں۔ میں بیگم صاحبہ سے پسند کرالوں۔

نرائن۔ ہاں ہاں! ٹھیک ہے۔ کیوں منیم جی؟

منیم۔ ہاں سیٹھ جی!

(شاہ خانم تمام چیزیں ڈولی میں لے جاتی ہے اور خواہ مخواہ اپنے آپ ہی سوال کرتی ہے اور خود ہی جواب دیتی ہے۔ زیورات کی گٹھڑی باندھ کر ڈولی میں رکھتی ہے — اور —)

خانم۔ بھئی سیٹھ جی! ہماری بیگم صاحبہ تجوری تو لیتی آئیں ۔ مگر کُنجی وہیں پٹاری میں رہ گئی ہے ۔ اِس لیے ہم جاتے ہیں ۔ پھر کبھی آئیں گے ۔

نرائن (بے تابی سے) ارے حضُور! کیا غضب کرتی ہیں ۔ ہیں ۔ میں اِتنا گُستاخ نہیں کہ اعتبار نہ کروں ۔ یُوں کیجیے کہ چیزیں لے جائیے اور کُنجی لیتی آئیے ۔ کیوں منیم جی؟

منیم۔ ہاں سیٹھ جی!

خانم (ڈولی میں سے گٹھڑی لیتے ہوئے) بیگم صاحبہ میں ابھی تھوڑی دیر میں آتی ہُوں۔ بھئی کہارو! یہیں کھڑے رہنا۔ سیٹھ جی! ذرا بیگم صاحبہ کا خیال رکھنا۔

نرائن (لجاجت سے) کیا بات کرتی ہیں آپ۔ میں نے تو پہلے ہی کہا تھا کہ بیگم صاحبہ کو اندر بُلا لیجیے ۔ مگر آپ مانی ہی نہیں۔ کیوں منیم جی؟

منیم۔ ہاں سیٹھ جی۔

(کافی دیر ہو گئی۔ کئی گھنٹے گزر گئے۔ لیکن شاہ خانم واپس نہ آئی۔ اب تو یہ دونوں بڑے پریشان ہوئے اور ـــ)

نرائن۔ بیگم صاحبہ۔ حضور بیگم صاحبہ۔

منیم۔ میں نے کہا۔ حضور بیگم صاحبہ! وہ ـــ وہ۔

نرائن۔ وہ آپ کی خادمہ ابھی تک نہیں آئیں ـــ بیگم صاحبہ۔

منیم۔ یہ آپ بولتی کیوں نہیں۔

نرائن (پریشان ہو کر) ارے منیم جی! ذرا پردہ اُٹھا کر تو دیکھو۔

منیم (پردہ اُٹھا کر روتے ہوئے)

ارے سیٹھ جی مر گئے ..... ہائے مر گئے سیٹھ جی ـــ یہاں تو معاملہ خالی ہے۔

نرائن (حد درجہ پریشانی اور غصّے سے) ابے ابے کہارو! ابے کہاروں کے بچّو! یہ

بلا کہاں سے لائے تھے تم؟ اب ہم لُٹ گئے۔ برباد ہو گئے۔ چلو چلو بتاؤ کہاں سے اس کم بخت کو لائے تھے۔

دکھاروں نے اب وہ مکان دونوں کو لے جاکر دکھایا مگر وہاں اب کیا رکھا تھا۔ مکان خالی پڑا تھا ــــ)۔

شاہ خانم جب لوگوں کو لُوٹنے کھسوٹتے تھک گئیں اور جب اُنھیں اپنے پکڑے جانے کا ڈر ہُوا تو اُنھوں نے دِلّی کے ایک محلّے کی تنگ سی گلی میں بُود و باش اِختیار کی۔ شاہ خانم اب اِس مکان میں آنند کے تار بجاتیں۔ نہ اُنھیں پولیس کا ڈر تھا نہ لوگوں کا۔ پانچوں گھی میں اور سر کڑاہی میں والا مضمون تھا۔ مگر جمع شُدہ پُونجی آخر چلتی تو کب تک؟ اُنھوں نے اپنی ہمسائی قاضی جی کی بیوی سے راہ و رسم بڑھائی اور رفتہ رفتہ

اُن کے ہاں آنا جانا شرُوع کر دیا۔

ایک دِن جو وہ ہمسائی کے ہاں پہنچیں تو وہ اپنی مُرغیوں کو دانہ ڈال رہی تھیں اور "کُڑی کُڑی کُڑی" کہہ کر انھیں دُور بھگا رہی تھیں۔

"سلام بُوا" خانم نے کہا۔

"آؤ بہن ــ بیٹھو" ہمسائی نے اندر دالان میں آتے ہُوئے کہا۔

خانم گاؤ تکیے سے سہارا لگا کر بیٹھ گئیں۔ یُوں تو وہ ہمسائی کو اپنی عیّارانہ شطرنج کا ایک مُہرہ کبھی کا بنا چُکی تھیں۔ مگر چال اُنھوں نے آج ہی چلنی چاہی اور تختۂ مشق اسی مُہرے کو بنایا ــ بولیں: "اے ہمسائی! کیوں ان کے ساتھ ناحق دماغ لڑا رہی ہو بے کار ــ !!"

"کیا بتاؤں بُوا!" ہمسائی نے کہا "شوقوں میں صرف یہی مُوا ایک شوق ہے۔ ایک

سے ایک اچھی مُرغی گھر میں موجود ہے۔ کلّو کے ابّا جہاں کوئی اچھی نسل کی دیکھتے ہیں، لے آتے ہیں۔ انڈا بھی ماشاءاللہ ——— یہ بڑا ہوتا ہے۔"

"ہاں ——!! خانم نے ہاں لمبی کھینچ کر اور ذرا حیرت سے کہا:

"اور نہیں تو کیا —— مگر بہن! اِن کم بختوں نے تمام گھر سڑا کر رکھ دیا ہے۔ جدھر دیکھو بیٹ۔ جدھر دیکھو بیٹ۔ نوج ——! میں تو تنگ آ گئی —— ہمسائی نے مُنہ بنا کر جواب دیا۔

"ہاں بُوا! یہ تو بُری بات ہے" خانم نے کہا۔"مگر دیکھو —— ایک بات کہتی ہوں۔ بُرا مت ماننا۔ تمھاری مُرغیاں کچھ تہذیب یافتہ نہیں ہیں۔"

"ارے بی واہ ——! کہیں مُرغیاں بھی تہذیب یافتہ ہوئی ہیں۔ آخر جانور ہی تو ہیں۔

ہمسائی نے کہا۔

”لاکھ جانور سہی۔ مگر انھیں کم از کم میری مُرغیوں کی طرح تو ہونا چاہیے تھا“ خانم نے کہا۔

”تمُھاری مُرغیاں ایسی کیا انوکھی تھیں۔؟“ ہمسائی نے پُوچھا۔

واہ انوکھی کی بھی ایک ہی رہی۔ ارے بی! ایک جگہ پانی پیتی تھیں۔ ایک جگہ بیٹ کرتی تھیں۔ ایک جگہ سوتی تھیں۔ جو کہو وہ مانتی تھیں۔“ خانم نے جواب دیا۔

”ا۔ بی جاؤ۔ مذاق کرتی ہو۔“ ہمسائی بولیں۔

”اللہ قسم۔ اور یہی نہیں۔ بلکہ ناچ اور گانا بھی گاتی تھیں۔“ خانم نے کہا۔

”واقعی؟“ ہمسائی نے حیرت سے پُورا مُنہ کھول کر کہا۔ اے واقعی کیا سچ ہے؟

”جھُوٹ بولنے کے لیے بُوا کوئی تمُ تھوڑی

ہی ہو — عالم آرا ہیں جو وہ سہیلیاں مِل کر ناچتی ہیں نا۔ وہ ڈانس میں نے ان کو سکھایا تھا۔ اے ہے جب تھرک کر ناچتی تھیں۔ تو جی چاہتا تھا کہ قربان ہو جاؤں اُن سب پر سے"۔ خانم نے ایکٹنگ کرتے ہُوئے کہا۔

"اے بی ہوش کی دوا کرو۔ بے چاری مجُھ کو بنا رہی ہیں — ہمسائی نے کہا۔

"خیر بُوا! اگر تُم کو یقین نہیں آتا تو نہ سہی لیکن اگر تمُھاری مُرغیاں بھی ویسی ہی ہو جائیں۔ تب تمھُیں یقین آئے گا" — خانم نے جواب دیا۔

"ارے سچ! — تمھُیں خدا کی قسم! کیا میری مُرغیاں بھی ویسی ہی ہو جائیں گی؟" ہمسائی نے خوشی کے لہجے میں کہا۔

"کیوں نہیں" خانم نے جواب دیا۔ "چند مہینوں میں سیکھ جائیں گی۔ میری ایک مُرغی جس کا پیار کا نام لیلیٰ تھا —

"حق کے پیارے اُمّت والے
تم پر لاکھوں سلام!"

ایسی عمدہ طرز میں گاتی تھی کہ دروازے پر ٹھٹ کے ٹھٹ لگ جاتے اور لوگوں کی چیخیں نکل جاتیں۔ دو دو تین تین لاکھ روپے لوگ اُس کی قیمت دینے کو تیار ہو گئے۔ مگر بُوا میں نے نہیں دی۔"

اب بی ہمسائی شاہ خانم کے سر ہوگئیں کہ میری مُرغیوں کو بھی ناچ گانا سکھا دو۔

شاہ خانم نے حامی بھر لی اور بولیں:

"مگر بہن! ایسے تھوڑے ہی ہوں گی۔ ارے بھئی! دو بوریاں روے میدے کی۔ ایک بوری قند کی اور کم از کم آٹھ کنستر گھی کے تو ضرور ہونے چاہئیں۔ روزانہ محنت کروں گی۔ ملیدہ بناؤں گی اور اُنھیں کھلاؤں گی۔ جب اُن میں جان آئے گی اور تبھی اُن کی آواز بھی کھُلے گی۔"

ہمسائی پہلے تو بوریوں والے مضمون کو سوچتی رہیں۔ بالآخر خوش ہو کر بولیں ــــ" آنے دو کلّو کے ابّا کو۔ اُن سے کہہ کر کل ہی بوریاں بھجوا دُوں گی۔ مگر بُوا مُرغیاں تم آج ہی لے جاؤ۔ بعد کو جھک جھک ہو گی۔ تمھاری بڑی عنایت ہو گی۔ یہ احسان مرتے دم تک نہ بھُولوں گی"۔

خانم نے اِس خیال سے کہ کہیں ہمسائی تاڑ نہ جائے پہلے تو بہت اِنکار کیا۔ سر کے درد کا بہانہ کر کے ٹالنا چاہا۔ آخر بڑی ردّ و کد کے بعد مُرغیاں اپنے گھر لے گئیں۔

ہمسائی کے میاں نے جب یہ سُنا تو بڑا حیران ہُوا۔ لاکھ سمجھایا۔ آخر تریاہٹ سے مجبُور ہو کر بوریاں لا دِیں اور یہ سب کچُھ شاہ خانم کے ہاں پہنچ گیا ــــ بلّی کے بھاگوں چھینکا ٹوٹا ــــ

شاہ خانم کا اب یہ معمول ہو گیا کہ ہر دُوسرے دن ایک مُرغی کاٹی۔ روے میدے کے پراٹھے بنائے۔ کچھ مِلیدہ بنایا اور چٹ کر گئیں۔ ہر ہفتے وہ ہمسائی کے پاس جاتیں اور اپنی کارگُزاری کی داستان سُناتیں کہ اِتنی محنت کر رہی ہُوں۔ سر میں درد ہو جاتا ہے بولتے بولتے۔ اور ایسی ہی ہزار باتیں۔

غرض جب تین چار مُرغیاں رہ گئیں تو ایک دِن ہمسائی کے پاس پہنچیں۔ ہمسائی نے خُوب آؤ بھگت کی اور ڈرتے ڈرتے اپنی مُرغیوں کے بارے میں پُوچھا۔ خانم بولیں:

"کیا بتاؤں بہن! میں تو عجیب مُشکل میں پھنس گئی۔"

"کیوں کیا ہُوا، خیر تو ہے؟ ہمسائی نے پاندان کھولتے ہُوئے کہا۔

"ہاں ویسے تو خُدا کا احسان ہے۔ مگر تمھاری مُرغیوں کی وجہ سے میں تم سے سخت

شرمندہ ہوں۔" خانم نے کہا۔
"کیا مر گئیں سب ــــ ؟" ہمسائی نے حیرانی سے پوچھا۔
"نہیں بی۔ بڑی موٹی تازی ہو رہی ہیں۔ ناچتی بھی ہیں۔ گاتی بھی ہیں۔"
"سچ! اچھا کیا گاتی ہیں؟" ہمسائی نے خوش ہو کر کہا۔
"بس یہ مت پوچھو۔"
ہمسائی جھینپ کر بولی: "اے بُوا! ایسی

کیا بات ہے جو تُم شرما رہی ہو؟"

"کیا کہُوں بی — بس اِتنی بُری بات گانے میں کہتی ہیں کہ میری تو زبان کٹ جائے نہیں کہوں گی۔"

"اے بھئی! تو آخر کیا کہتی ہیں؟ ہمسائی نے پُوچھا۔

"............"—

"اے بتاؤ نا۔ تمھیں خُدا کی قسم! بھئی آخر گالی بکتی ہیں؟ کوسنے دیتی ہیں؟ کیا کہتی ہیں؟"

"اے بی ہاں بس —" خانم نے اور جھینپ کر کہا۔

"بس کیا —؟"

"اگر کہہ دُوں تو تُم کِسی کو بھی گھر میں نہ رکھّو اور میں یہ چاہتی نہیں۔" خانم آخر بولیں۔

"نہیں بی! تُم صاف کہہ دو۔ اگر واقعی کچُھ بُری بات کہتی ہیں تو میں ایک موئی

کو بھی گھر میں نہ آنے دُوں گی۔ بس اب جلد کہہ چکو ورنہ مجھے ہول اُٹھنے لگے گا۔"
ہمسائی بے چین ہو کر بولیں۔
"کہتی ہیں کہ ــــ" چُپ ہوگئیں۔
"ہاں ہاں ــــ!" ہمسائی نے کہا۔
خانم بولی "یہی کہتی ہیں ناچ ناچ کر ــــ کہ ے
تاک دھنا دھن تاک۔ تاک دھنا دھن تاک
قاضی جی بدمعاش اُن کی بیوی بھی بدمعاش
"اُوئی اللہ!" ہمسائی نے سینے پر زور سے ہاتھ مار کر کہا۔" نوج بُوا! ان کم بختوں کو یہاں مت لانا ــــ سب کا ٹیٹوا دبا دینا۔ پَرے نوچ ڈالنا نگوڑیوں کے۔ اللہ ماریاں اِتنی بُری بات کہتی ہیں۔ نا بابا ہم تو کہیں کے نہ رہیں گے۔ کسی نے سُن لیا تو کیا کہے گا۔ بس آج ہی ان سب کو کاٹ ڈالو۔ یہاں ان کا کام نہیں۔

لو بُوا! یہ اچھّی رہی"
خانم تو خُدا سے یہی چاہتی تھیں۔
بُرقع اُٹھا یہ جا وہ جا۔

ٹُنڈ چبنا لے رہا پر دیتا نہیں

ایک لڑکا تھا۔ جب وہ بڑا ہو کر لکھنے پڑھنے کے قابل ہُوا تو اُس کی ماں نے اُسے مکتب پڑھنے بیٹھا دیا۔ ایک روز اُس نے ماں سے شکایت کی کہ مجھے راستے میں بھوک لگتی ہے۔ کوئی ایسی چیز دو۔ جسے میں راستے میں کھاتا چلا جاؤں۔

ماں نے کئی مٹھائیوں کے نام گنائے۔ مگر اُسے کوئی مٹھائی پسند نہیں آئی۔ پھر اُس نے کہا۔ "اچھا میں تجھے چنے بھُنا دوں گی۔ تُو انھیں چباتا چلا جایا کرنا" لڑکا ماں کی یہ تجویز سُن کر پھڑک اُٹھا اور اُسی وقت بازار سے جا کر چنے بھُنا لایا۔

اگلے دِن وہ مکتب جانے لگا تو جیب میں چنے بھر لیے ۔ اب جناب مدرسہ تو آگیا نزدیک اور چنے رہ گئے زیادہ لڑکے نے سوچا۔ انھیں کہیں بیٹھ کر جلدی سے کھالوں ۔ یہ سوچ کر ایک درخت کے سُوکھے ٹُنڈ پر بیٹھ کر جلدی جلدی پھنکے مارنے لگا۔ اِس ٹُنڈ میں ایک سُوراخ بھی تھا۔ اِتفاق سے ایک چنا اُچٹ کر سُوراخ میں جا پڑا۔ لڑکے نے گھبرا کر ٹُنڈ سے کہا۔ "ٹُنڈ ٹُنڈ ! میرا چنا واپس کر دے ۔ ٹُنڈ نے کہا "چل بھاگ ! میں نہیں دیتا"۔ لڑکے نے راہ گیروں سے شکایت کی ۔ لوگوں نے اُسے مشورہ دِیا کہ "بھئی ! بڑھئی کے پاس جاؤ۔ وہ ٹُنڈ کو چیر کر چنا نکال دے گا۔ لڑکا سیدھا بڑھئی کے پاس پہنچا اور کہا۔ "بڑھئی بڑھئی ! ٹُنڈ چیروگے؟ بڑھئی ۔ نا بھائی ! ٹُنڈ نے میرا کیا بگاڑا ہے جو میں اس کو چیروں ۔

لڑکا رونے لگا اور چلّا کر بولا "دیکھو لوگو! بڑھئی ٹُنڈ چیرے نہیں۔ ٹُنڈ چنا لے رہا پر دیتا نہیں۔"

لوگوں نے کہا۔" اچھّا! راجا کے پاس جاؤ۔ وہ بڑھئی کو ڈانٹے گا۔ تب کام چلے گا۔"

لڑکا راجا کے پاس گیا اور کہا:

"راجا! راجا!! بڑھئی کو ڈانٹو گے؟"

راجا۔ بڑھئی نے میرا کیا بگاڑا ہے جو میں اُسے ڈانٹوں۔

لڑکا۔ دیکھو لوگو! راجا بڑھئی ڈانٹے نہیں۔ بڑھئی ٹُنڈ چیرے نہیں۔ ٹُنڈ چنا لے رہا پر دیتا نہیں۔

لوگوں نے کہا۔" رانی کے پاس جاؤ وہ اس سے رُوٹھ جائے۔ تب کام چلے۔" لڑکا سیدھا رانی کے پاس پہنچا اور اُس سے کہا:

"رانی! رانی!! راجا سے رُوٹھو گی؟"

رانی۔ راجا نے میرا کیا بگاڑا جو میں اِس

سے رُوٹھوں۔

لڑکا۔ دیکھو لوگو! رانی راجا رُوٹھے نہیں۔
راجا بڑھئی ڈانٹے نہیں۔ بڑھئی ٹُنڈ چیرے
نہیں۔ ٹُنڈ چنا لے رہا پَر دیتا نہیں۔

لوگوں نے اُس سے کہا: "سانپ کے
پاس جاؤ۔ وہ رانی کو ڈسے گا۔ تب وہ
ٹھیک ہو گی۔" لڑکا سانپ کے پاس گیا اور
اُس سے کہا:

"سانپ! سانپ!! رانی ڈسو گے؟"

سانپ۔ کیوں بھائی! اُس نے میرا کیا بگاڑا
ہے جو میں اُسے ڈسوں۔

لڑکا۔ دیکھو لوگو! سانپ رانی ڈسے نہیں۔ رانی
راجا رُوٹھے نہیں۔ راجا بڑھئی ڈانٹے
نہیں۔ بڑھئی ٹُنڈ چیرے نہیں۔ ٹُنڈ چنا
لے رہا پر دیتا نہیں۔

لوگوں نے کہا: "اگر تُم لاٹھی کے پاس
جاؤ اور وہ سانپ کا سر کُچلے تب شاید تمھارا

مطلب حل ہو۔"

لڑکا لاٹھی کے پاس گیا اور اُس سے کہا:

"لاٹھی! لاٹھی!! سانپ مارو گی؟"

لاٹھی۔ سانپ نے میرا کیا بگاڑا جو میں اُس کو ماروں؟

لڑکا۔ دیکھو لوگو! لاٹھی سانپ مارے نہیں سانپ رانی ڈسے نہیں۔ رانی راجا رُوٹھے نہیں۔ راجا بڑھئی ڈانٹے نہیں۔ بڑھئی

ٹُنڈ چیرے نہیں۔ٹُنڈ چنا لے رہا پر دیتا نہیں۔
لوگوں نے اُس سے کہا۔"آگ کے پاس
جاؤ، وہ لاٹھی جلائے۔ تب تمُھاری مُشکل
دُور ہو۔"
لڑکا سیدھا آگ کے پاس پہنچا اور کہا:
"آگ ! آگ !! لاٹھی جلاؤ گی ؟"
آگ۔ لاٹھی نے میرا کیا بگاڑا جو میں اُسے
جلاؤں۔
لڑکا۔ دیکھو لوگو ! آگ لاٹھی جلائے نہیں۔
لاٹھی سانپ مارے نہیں۔سانپ رانی
ڈسے نہیں۔ رانی راجا رُوٹھے نہیں۔ راجا
بڑھئی ڈانٹے نہیں۔بڑھئی ٹُنڈ چیرے
نہیں۔ ٹُنڈ چنا لے رہا پر دیتا نہیں۔
لڑکے نے پھر لوگوں سے شکایت کی تو
لوگوں نے کہا۔"پانی کے پاس جاؤ اور اس
سے آگ بُجھانے کے لیے کہو۔ اگر وہ
اِنکار کرے تو اُونٹ کے پاس جا کر کہو کہ

وہ سب پانی پی جائے اور اگر اُونٹ بھی پانی پینے سے انکار کرے۔ تو پھر چُوہے سے جا کر کہو کہ وہ اُونٹ کی نکیل کاٹے۔ غرض کہ لڑکا باری باری ہر ایک کے پاس گیا۔ مگر تینوں نے اِنکار کر دِیا۔ اب تو لڑکا بہت پریشان ہُوا اور اُس نے لوگوں سے شکایت کی۔ "دیکھو لوگو! چُوہا نکیل کاٹے نہیں۔ اُونٹ پانی پیئے نہیں۔ پانی آگ بُجھائے نہیں۔ آگ لاٹھی جلائے نہیں۔ لاٹھی سانپ مارے نہیں۔ سانپ رانی ڈسے نہیں۔ رانی راجا رُوٹھے نہیں۔ راجا بڑھئی ڈانٹے نہیں۔ بڑھئی ٹُنڈ چیرے نہیں۔ ٹُنڈ چنا لے رہا پر دیتا نہیں۔"

اب تو لوگ بھی حیران تھے۔ اور لڑکا بھی سخت عاجز آگیا تھا۔ دُنیا میں کوئی کسی کا دُشمن تھا ہی نہیں۔ آخر لوگوں کو ایک ترکیب سُوجھ گئی۔ بولے:

"آہا بھئی! بلّی خالہ کے پاس جاؤ۔ اگر وہ

بھیّا چوں چوں کی گردن مروڑیں۔ تب تمھارا چنا واپس مل جائے گا۔"

لڑکا سیدھا بلّی کے پاس گیا اور اُس سے کہا۔" مانو! چوہا کھاؤ گی؟ بی مانو دو دِن سے بھوکی بیٹھی تھیں۔ غیب سے جو کھانا ملا تو بولیں۔" لپ جھپ"۔

لڑکا خوشی سے اُچھل پڑا اور چوہے سے آ کر کہا۔" چوہے! چوہے! کھائے جاؤ گے؟"

چوہے نے ڈر کر کہا۔" ہم بھی نکیل کاٹیں گے۔"

لڑکے نے اُونٹ سے جا کر کہا" اُونٹ! اُونٹ! نکیل کاٹی جائے گی۔"

اُونٹ نے بلبلا کر کہا۔" ہم بھی پانی پی لیں گے۔"

لڑکا۔ پانی! پانی! پیے جاؤ گے۔
پانی۔ اچھّا بھئی! تو ہم بھی آگ بجھائیں گے۔
لڑکا۔ آگ! آگ! بجھائی جاؤ گی۔

آگ۔ تو پھر ہم بھی لاٹھی جلائیں گے۔
لڑکا۔ لاٹھی! لاٹھی! جلائی جاؤ گی۔
لاٹھی۔ اوہو! ہم بھی سانپ ماریں گے۔
لڑکا۔ سانپ! سانپ! مارے جاؤ گے۔
سانپ۔ ارے باپ رے! تو ہم بھی رانی ڈسیں گے۔
لڑکا۔ رانی! رانی! ڈسی جاؤ گی۔
رانی۔ ہے ہے! ہم بھی راجا روٹھیں گے۔
لڑکا۔ راجا! راجا! رانی روٹھے گی۔
راجا۔ ہم بھی بڑھئی ڈانٹیں گے۔
لڑکا۔ بڑھئی! بڑھئی! ڈانٹے جاؤ گے۔
بڑھئی۔ میری توبہ! چل بھئی! میں تیرا چنا نکال دوں۔

اب لڑکے کا کام چل نکلا تھا۔ وہ اُچھلتا کودتا ٹُنڈ کے پاس پہنچا اور ڈانٹ کر اُس سے کہا "ٹُنڈ! ٹُنڈ! چیرے جاؤ گے"۔

ٹُنڈ ڈر کر بولا ۔" تو ہم بھی چنا دے دیں گے بھئی !

یہ کہہ ٹُنڈ نے چنا اُگل دِیا اور لڑکا اپنا چنا لے کر مکتب کو چلا گیا ۔